LE

NOUVEAU LUCIEN

LE

NOUVEAU LUCIEN

DIALOGUES

SATIRIQUES, PHILOSOPHIQUES ET DRAMATIQUES

PAR

J.-MARIE COURNIER

PARIS

A LA LIBRAIRIE POLITIQUE ET LITTÉRAIRE

RUE RAMEAU, 7.

1848

Typogr. BEAULÉ et MAIGNAND, rue Jacq. de Brosse, 8.

AVANT-PROPOS

Lorsque, remontant les annales du passé, on analyse avec soin les pensées éparses des civilisations successives, mortes ou naissantes; on est étonné de l'identité universelle de l'espèce humaine; on retrouve partout ce clavier primitif de passions dont se compose l'âme, et duquel dérivent toutes les combinaisons harmoniques ou discordantes de la vie sociale.

L'étude abstraite de l'homme générique, la connaissance des passions simples, des rapports de ces passions entre elles, relativement à Dieu, à l'individu et à la société se nomme philosophie; c'est la science par excellence, qui plane au-dessus des temps et des peuples, qui provoque les lois, et qui, par leur emploi bien ou mal ordonné, dirige les civilisations vers le juste ou le faux, vers la dignité ou l'abrutissement.

Mais, si descendant des hautes régions de la philosophie, on observe de près l'homme transitoire, cet anneau de la chaîne traditionnelle, on lui trouve une physionomie particulière, *un costume moral* qui ne ressemble pas aux costumes antérieurs, une langue spéciale, des préjugés sans nombre et des passions bâtardes et viciées.

Alors le philosophe abandonne l'abstraction, il se fait praticien, homme de son siècle, il adopte son langage, ses préjugés, étudie son tempérament, et, selon l'opportunité, il applique le remède sous une forme réelle, saisissable et vulgaire... ce remède, c'est la comédie.

Souvent ce siècle connaît son mal, il a la conscience intime de ses vices, il les étale avec orgueil, il se complaît dans cette vermine qui le ronge et le consume lentement et repousse avec dédain le remède qu'on lui offre.

Oh! alors le praticien se fâche, le rouge lui monte au visage, il s'arme d'un fouet et frappe... Ce fouet, c'est la satire.

Maintenant la question est de savoir si notre pays est arrivé à ce point de décadence qui est l'agonie d'une civilisation, et si la satire, pareille à l'oiseau sinistre qui se repaît de cadavres, doit venir croasser sur le seuil du moribond?

Non, sincèrement, nous ne le croyons pas.

Aussi, n'est-ce pas un cri de haine et de désespoir que nous venons jeter à la face de nos contemporains. Au contraire, c'est une provocation au bien, un appel à des idées meilleures, car nous savons qu'au-dessous de cette écume de corruption de ridicules et de vices, s'agite une jeunesse neuve et impatiente de faire son œuvre; nous savons qu'au-dessous de cette fièvre ardente des appétits matériels, bouillonnent et fermentent les idées grandes et généreuses.

La satire, dans toute son inflexible rigueur, serait injuste et mal reçue.

La comédie, dans l'exacte expression de sa franchise, est aujourd'hui impossible. Pour arriver à l'oreille du public, elle est préalablement obligée de passer sous les fourches caudines d'une foule d'influences diverses, mutilée et indignement profanée, elle ne dit que ce qu'on veut bien lui laisser dire. A ces conditions, elle perd son nom et manque son but.

Nous prenons donc un terme moyen, et nous dirons à la manière de Jean-Jacques : Nous avons vu les mœurs de notre temps et nous publions ces dialogues.

Il est bien entendu qu'en donnant le titre de *Nouveau Lucien* à notre travail, nous ne voulons établir aucune comparaison entre l'immortel satirique et nous : ce serait un orgueil ridicule que rien ne justifie et qu'on aurait raison de blâmer. Nous voulons seulement spécifier le genre et le but de l'ouvrage; nous voulons combattre avec l'arme dont se servait Lucien, mais nous n'avons pas pour cela la prétention de nous en servir aussi bien que lui.

S'il fallait égaler ceux qui nous ont devancés dans la carrière, que de plumes resteraient inactives, que d'épées se rouilleraient dans le fourreau!

Le travail est la loi suprême de l'homme, dans les abîmes sans fond de la matière, comme dans les cieux sans limites de l'idéal. A l'œuvre donc, travailleurs de bonne volonté ! labourez sans relâche le champ toujours fécond de la pensée; si le présent vous juge parfois avec passion, l'avenir vous rend toujours justice, car c'est lui qui récolte, et Dieu, au centre de son infaillible impartialité, pèse le bien et le mal sans colère, et rénumère chacun selon ses œuvres !

DIALOGUE PREMIER

LA MUSE

PROLOGUE

LA MUSE

PROLOGUE

Une chambre mansardée. On aperçoit par la fenêtre une partie de la ville et les moulins de Montmartre. Désordre. Çà et là des livres épars, couverts de poussière. Meubles éclopés.

LUCIEN, mollement étendu sur un vieux divan, fumant sa pipe et contemplant avec ivresse les boucles capricieuses de fumée qui s'échappent de sa bouche. Lentement :

Vers ton lit de duvet, impuissante déesse,
Amante du sommeil... O bénigne Paresse !
Laisse... laisse monter mon encens et mes vœux,
Daigne les exaucer, si parfois tu le peux.
Je voudrais employer ma vie à ne rien faire,
Si ce n'est à dormir, fumer, boire et me taire;
Isolé du vain bruit de la grande cité,
Je voudrais vaincre l'huître en immobilité,

Enfin complétement m'annihiler ; — en sorte
Que la fortune un jour daigne entr'ouvrir ma porte,
Et jette en souriant sur mon vaste abdomen,
La décoration et des rentes. — Amen !...

A moitié endormi.

A force de tourner notre planète s'use,
C'est sur...

Il dort tout à fait. On frappe trois petits coups à la porte. Réveillé en sursaut.

Hein?... Qui vient là?... la Fortune?

LA MUSE, *entrant.*

La Muse !
La Muse, qui revient te voir après un an...

LUCIEN.

Je n'ai pas un seul vers à te donner. — Va-t'en !
— J'ai mes pauvres, d'ailleurs.

Il se recouche.

LA MUSE.

Après un an d'absence,

Quel accueil! — Venez donc chanter votre constance,
Messieurs les inspirés...

LUCIEN.

Ta... ta... ta... pas de cris...
Vous m'agacez les nerfs... et puis, je vous le dis,
Je ne suis plus poète.

LA MUSE.

Ah! folles que nous sommes,
Pauvres muses!... de croire aux promesses des hommes!
Ne me jurais-tu pas de m'adorer toujours?
O Lucien!... souviens-toi de nos jeunes amours,
Souviens-toi de ce temps où, sans aucun scrupule,
Quand s'effaçait au loin le pâle crépuscule,
Moi, la fille du ciel, je gravissais sans bruit
L'escalier tortueux de ton pauvre réduit!
Et le soleil séchait les larmes de l'aurore,
Qu'enivrée en tes bras il me trouvait encore!
O que de belles nuits!... je crois encor te voir,

L'ardeur étincelait au fond de ton œil noir...
L'harmonie à longs flots s'écoulait de ta lèvre.
O délire divin!... mélodieuse fièvre!
Tourment qui n'est donné qu'à de rares élus!
Souviens-toi...

LUCIEN, se levant, avec impatience.

Souviens-toi qu'on ne vous aime plus,
Madame... entendez-vous?... Je veux dormir tranquille;
On ne viole pas ainsi le domicile
D'un citoyen... que diable! Allons, retirez-vous :
Désormais, il n'est rien de commun entre nous.
Je ne vous connais plus... j'aime une autre maîtresse.

LA MUSE.

Une autre?... Et quelle est donc *cette autre?*

LUCIEN.

La paresse!
Ainsi... déménagez.

LA MUSE.

On va vous obéir...

Adieu.

LUCIEN.

Bonsoir!

LA MUSE, revenant.

Pourtant, je ne puis pas partir
Sans que vous me disiez au moins par quelle cause
Vous êtes inconstant.

LUCIEN.

Quelle effrontée!... elle ose
Me demander... Tenez, madame, asseyez-vous,
Et rougissez de honte à mon juste courroux.

LA MUSE, s'asseyant.

J'écoute.

LUCIEN.

Ta... ta... ta... vos regards en coulisse
Et votre bouche en cœur, lorsque j'étais novice,
Auraient pu m'attendrir... Autrefois, c'était bon,
Maintenant ces moyens ne sont plus de saison.
Vous voulez tout savoir, je m'en vais tout vous dire,
Madame, et vous verrez si j'ai sujet de rire :
— C'était par un beau soir...

LA MUSE, se bouchant les oreilles.

Pitié, changez de ton
De grâce... vous chantez faux comme un feuilleton !

LUCIEN.

On ne peut contenter tout le monde et sa muse !

LA MUSE.

En faveur du bon mot, monsieur, l'on vous excuse.
Poursuivez.

LUCIEN.

Je poursuis. Ne m'interrompez pas,
Cela me trouble.

LA MUSE.

Bon... je me tais en ce cas.
Continuez.

LUCIEN.

Je dis que vous avez, madame,
Au jour de ma naissance abusé ma jeune âme.
Au lieu de lui montrer le monde tel qu'il est,
Vous me l'avez fait voir à travers un reflet
De joie et de vertu, d'amour et d'espérance...
O mirage trompeur! ô fugitive enfance!
O mes rêves dorés! beaux esquifs nuageux
Qui m'emportiez au loin dans l'océan des cieux!
O mélodiques voix... caressante harmonie...
Anges et chérubins... et toi, Vierge Marie...

J'aspirais à longs traits l'air de cet idéal,
Et je partis, — croyant tout, excepté le mal,
Mais... ô déception, avant-coureur du doute!
Je déchirai mes pieds aux ronces de la route...
O quel monde au départ, Muse, j'avais rêvé!
Et dans quel lieu maudit, hélas! suis-je arrivé?
Les amis?... ils mentaient. —Contre un regard de femme,
Insensé, j'ai brûlé les ailes de mon âme;
Esclave d'un lien lâche et matériel,
Elle ne pourra plus s'élever jusqu'au ciel, —
Et quant à ces acteurs, dont notre siècle abonde,
Qui tiennent un emploi sur la scène du monde,
Députés, électeurs, commerçants, avocats,
Philosophes, guerriers, prêtres et magistrats,
Lorsque j'ai vu de près tous ces grands personnages,
Sous le masque emprunté qui couvre leurs visages
J'ai toujours retrouvé l'homme, — cet animal
Egoïste et menteur, — qui résonne le mal,
Plus féroce en cela que le tigre d'Asie,
Plus traître que le chat, plus bavard que la pie,

Plus entêté que l'âne, et cent fois plus rampant
Que l'anguille fangeuse ou que le chien couchant.

LA MUSE.

Je ne vois pas encor, monsieur, quel est mon crime?

LUCIEN.

Tu ne comprends donc pas que je suis ta victime,
(Car ton flegme railleur enfin me pousse à bout)
Et qu'excepté le mal, mon cœur doute de tout?
Tu ne comprends donc pas qu'en faisant un poète
De mon être mortel... qu'en jetant dans ma tête
Cet infernal besoin de chanter nuit et jour,
La joie et la vertu, l'espérance et l'amour,
Tu m'as fait mettre au ban de mon siècle, et m'exposes
A n'être pas classé dans l'échelle des choses?
Qu'en ce siècle d'argent tout poète ici-bas
Doit ou faire chorus ou bien ne chanter pas?
Tu ne comprends donc pas qu'une lyre plaintive
Doit se taire à la voix d'une locomotive?

Que ce monstre roulant me glace de stupeur?
Que la vélocité du progrès me fait peur?...
Que dans ce grand travail où notre temps se livre
On vit si promptement que l'on vieillit sans vivre?
« Nous avons bien le temps, en travaillant nos fers,
» Poète paresseux, de feuilleter tes vers...
» Allons, jette ta lyre, arme-toi de l'équerre,
» Vas chercher des niveaux et mesurer la terre,
» Pose des A + B, morcelle les vallons ;
» De la géométrie, allons, jeune homme, allons!
» Il s'agit bien ici de moissons, de culture,
» Dans nos réseaux de fer enchaînons la nature!
» Et si l'on trouve un jour quelque site enchanté
» Par l'immonde vapeur jusque-là respecté,
» Qu'on plante un drapeau noir et que chacun s'écrie :
» Ici gît pour toujours la sainte poésie! »
— Tu ne comprends donc pas qu'en vain j'ai combattu,
Qu'abreuvé de dégoûts enfin je me suis tu?
Et que, fendant les flots de cette multitude,
Poète naufragé, j'ai, vers la solitude,

Abordé, grâce au ciel, et que là, — dans le port,

Spectateur résigné des misères humaines,

Silencieux, j'attends ce moment où la mort

De ses doigts décharnés viendra briser mes chaînes! —

LA MUSE.

Pauvre cerveau timide... Adieu.

LUCIEN.

Quoi! tu t'en vas

Sans dire...

LA MUSE.

Pourquoi non?

LUCIEN.

Tu ne sortiras pas.

LA MUSE.

Qui m'en empêchera?

LUCIEN.

Moi !

LA MUSE.

Toi ? — faible pygmée,
Dans le grand ciel de l'art, passagère fumée...
Sais-tu bien qui je suis pour me parler ainsi ?

LUCIEN.

Je le sais maintenant, madame, Dieu merci,
Je fus dupe longtemps de votre hypocrisie...
Cependant je veux bien que l'on se justifie,
Parlez... je serai bon... si votre repentir
Est sincère, peut-être on pourra s'attendrir.

LA MUSE, avec une gaieté ironique.

Il est original, ce drôle. — Par Minerve !
C'est dommage, vraiment, que son esprit s'énerve.
S'il conservait encor une ombre de raison,

On en pourrait tirer quelque chose de bon ; —
Mais il est bas... bien bas. — Voyons, dormez tranquille,
Tenez-vous enfermé dans *votre domicile*
Comme un colimaçon et ne montrez jamais
Vos cornes au public. — Mangez chaud, buvez frais
Si la chose se peut, et, sur ce, camarade,
Bonsoir, — car vous sentez diablement le malade,
Et j'ai peur d'attraper la fièvre auprès de vous.
Je vous quitte. — Ayez soin de tirer vos verroux !

LUCIEN.

Mais c'est qu'elle se donne un petit air *régence*
Qui lui sied à ravir !

(Souriant.)

Prouve ton innocence.
Un seul mot...

LA MUSE, fausse sortie.

Au revoir !

LUCIEN, suppliant.

Un soupir et j'y croi !

LA MUSE, *à la porte.*

Rien du tout.

LUCIEN.

Rien? voyons, viens t'asseoir près de moi.

LA MUSE, *revenant un peu.*

Et si c'était encore un homme véritable,
Au front large, au cœur fort, au regard redoutable ;
Mais non... c'est un pleurard... un lâche déserteur.
On n'a pas lu ses vers, voyez le grand malheur,
Monsieur brise sa lyre et maudit son époque.
« Une fois, un poulet qui sortait de sa coque,
S'essoufflait vainement pour annoncer le jour :
Personne ne bougeait... Ce village est donc sourd ?
Cria-t-il... Le métier de coq n'est pas tenable.
Hélas ! — lui dit alors un canard vénérable
Qui passait près de lui, — si le village dort,
Petit, c'est que ton cri n'était pas assez fort. »

Comprends-tu ?... Le canard, mon cher, c'est la critique ;
Le village endormi, c'est l'oreille publique;
Le poulet a vieilli... Saisis bien la leçon ;
C'est à toi, maintenant, d'être coq ou chapon.
Adieu !

LUCIEN, se jetant à ses pieds.

Si tu t'en vas, l'univers m'abandonne,
O Muse !

LA MUSE.

Allons... debout, monsieur, je vous pardonne ;
Mais reprenez courage, et sans craindre d'affront
Attaque les abus pied à pied, front à front.
Des méchants et des sots empoisonne la joie ;
S'ils ne t'écoutent pas quand tu chantes, aboie ;
Et si quelqu'un voulait entraver tes efforts,
Au lieu de supplier, avance... avance... et mords.
Ne fais plus soupirer les cordes de la lyre,
Embouche le clairon vibrant de la satire.

Pauvre lièvre craintif, allons deviens chasseur,

Que la meute à ta voix tremble et rampe de peur.

Voilà ton rôle... Et moi, — la Muse pudibonde,

Dont tu baisais, enfant, la chevelure blonde,

La vierge aux yeux baissés, tes amours de jadis,

—Regarde, qui suis-je maintenant?

(Elle se transfigure.)

LUCIEN.

Némésis !

LA MUSE.

Je n'ai rien de commun avec cette déesse,

Et je suis digne encor de toute ta tendresse.

Je me dispenserai de te dire mon nom ;

Sache que je naquis auprès du Parthénon :

Mon père est Archiloque et ma mère Thalie.

Depuis, j'ai voyagé beaucoup en Italie,

J'ai traversé l'Espagne, et sur le sol gaulois

Je me suis établie et j'ai dicté mes lois :

D'un seul coup j'ai planté l'éternelle bannière,

Du comique et du vrai sous le nom de Molière.
Avant lui j'avais eu d'innombrables amours,
Et cependant la Muse était vierge toujours !
Lui seul fut mon époux, et depuis je suis femme ;
Lui seul a pénétré jusqu'au fond de mon âme.
Sans en être éblouis, au travers de mon sein
Ses yeux ont contemplé le principe divin
Qui fait battre mon cœur et me rend immortelle ;
Mais je suis veuve, hélas !

LUCIEN.

Apollon, qu'elle est belle !
Et pour second époux, quoi ! tu voudrais de moi ?

LA MUSE.

Ah ! tout beau. — Je veux bien m'abaisser jusqu'à toi
Et t'aimer quelques jours.. que ton ombre m'excuse,
Molière... ô mon époux !... Mais une pauvre muse
Ne vieillit pas... et veuve, elle prend un amant
Pour conserver le nom de l'époux qui fut grand !
Cela n'est pas moral ; mais quelle est la déesse

Qui n'a pas eu, jadis, sa petite faiblesse ?

Et même elles étaient plus coupables que nous...

Elles n'attendaient pas la mort de leur époux !

LUCIEN, riant.

Mauvaise langue !

(L'attirant vers lui.)

Viens !

LA MUSE, minaudant.

Laissez-moi, je vous prie !

LUCIEN.

Veuve de Poquelin, quoi ! de la pruderie ?

LA MUSE, avec abandon, se jetant à son cou.

M'aimes-tu ?

LUCIEN, en délire.

Si je t'aime !... O bonheur !... ô tourment !

Ton baiser me dévore !

(Étendant son bras sur Paris, avec défi.)

A nous deux maintenant ! ! !

DIALOGUE DEUXIÈME

L'ÉDITEUR DE ROMANS

L'ÉDITEUR DE ROMANS

UNE VOIX, en dehors.

Monsieur Durand?

DURAND.

Plaît-il?

LUCIEN, passant la tête.

Monsieur Durand?

DURAND.

C'est moi.

LUCIEN, à part.

Il n'a pas une tête à causer de l'effroi...

Il entre.

Je vous dérange?

DURAND, brusquement.

A part.

Hé non !... Que le diable l'emporte !
J'avais dit à Gros-Jean de refuser la porte
A tous ces jeunes fous, au crâne chevelu.

Haut.

Que désire monsieur?

LUCIEN.

Je n'aurais pas voulu
Vous déranger pourtant... Vous avez tant à faire !
Vous devez me trouver, monsieur, bien téméraire
D'oser me présenter, moi jeune et faible auteur,
Devant vous...

DURAND.

Mais, monsieur...

LUCIEN.

Devant vous, l'éditeur
De tant d'illustres noms...

DURAND.

Monsieur...

LUCIEN.

Oui, quand je pense
Que ces rois du génie et de l'intelligence,
Ces colosses du jour vous ont serré la main,
Alors...

DURAND, impatienté.

Monsieur!

LUCIEN.

Alors...

DURAND, regardant à sa montre, brusquement.

Venez me voir demain.

LUCIEN, sans l'écouter.

En voyant cette main que leur main a pressée,

Un reflet de génie éclaire ma pensée ;
C'est un rayon divin qui l'émeut, l'éblouit...

DURAND.

Mais...

LUCIEN.

Laissez-moi baiser le pan de votre habit !

DURAND, radouci.

Pardon, mais je n'ai pas l'honneur de vous connaître.
Votre nom ?

LUCIEN.

Ah !... mon nom ?... Vous l'ignorez peut-être ;
Il n'a pas eu beaucoup de retentissement...
Cependant, j'ai produit quelques livres.

DURAND.

Vraiment ?
Votre nom ?

LUCIEN.

Il n'est pas de ceux que l'on proclame
A grand bruit... J'eus toujours horreur de la réclame...

DURAND.

Mais, enfin... quel est-il ?

LUCIEN.

Je me nomme Lucien.
Connaissez-vous?... Lucien?...

DURAND.

Comment?

LUCIEN.

Lu....

DURAND.

J'entends bien.
Attendez,.. ma mémoire est souvent infidèle.

Il cherche en se grattant le front.

Lucien... Lucien... Mais, oui... oui, je me le rappelle...

LUCIEN, étonné.

Vraiment, monsieur, mon nom... mon nom vous est connu?

DURAND.

Comment donc... mais, beaucoup; soyez le bien-venu...
Couvrez-vous donc... Prenez ce fauteuil, je vous prie.

LUCIEN, à part.

Qui l'eût dit?

DURAND.

A votre air de fausse modestie,
Je vous prenais d'abord pour un vil débutant.
Quelle engeance, Monsieur. Ah! nous en voyons tant,
De ces jeunes rapins de la littérature,
Qui, d'avance éblouis de leur grandeur future,
Se drapant jusqu'aux pieds de leur titre d'auteur,
Nous viennent visiter, et d'un air protecteur,
Étaler longuement l'effroyable sommaire
De quinze in-octavos... roman humanitaire!
Des chefs-d'œuvre plus gros que Bottin que voilà;

Quelle indigestion morale que cela !

Si tous les manuscrits qu'on m'apporte pour lire,

Je les gardais, Monsieur... je vous parle sans rire,

Eh bien ! je mets en fait qu'au bout de quelques mois

Je serais un Rothschild en les vendant au poids !

LUCIEN.

En vérité?

DURAND, lui frappant familièrement sur la cuisse.

Voyons... là... je vous le demande :

N'est-il pas naturel que ma frayeur soit grande,

Quand je vois pénétrer chez moi?...

LUCIEN.

Sans contredit ;

Dans ce siècle, surtout, où tout le monde écrit,

Depuis l'enfant sorti des langes du collége

Jusqu'au vieux moribond que le catharre assiége...

Charivari burlesque aux discordantes voix !

Parmi tout ce chaos pour faire un heureux choix,

Il faut qu'un éditeur ait beaucoup de mérite...

DURAND, se récriant, avec dignité.

Monsieur!... je ne lis pas les livres que j'édite!...

LUCIEN.

Quoi! vous ne lisez pas?

DURAND.

Je n'en ai jamais lu:

Je prends, les yeux fermés, tout d'un auteur connu;

Que ce soit triste ou gai, que ce soit grave ou leste,

Je publie à coup sûr, que m'importe le reste!

UNE VOIX LOINTAINE, à gauche.

Vingt *Monte-Christo*!

DURAND.

Bon!!!

Allant vers la droite, criant entre ses mains.

Servez!

Revenant vers Lucien.

C'est effrayant!

L'Alexandre Dumas, comme cela se vend;

A dix mille cinq cents chaque roman s'écoule,

A lui seul, il fournit la pâture à la foule...
Tac... tac... tac... et c'est fait. Il travaille de chic...
C'est un homme à vapeur... il traîne le public
Malgré lui, sur les rails de sa verve hâtive...
Aussi, fait-il crever chaque locomotive...
De dépit. Revenons à nous... vous me disiez ?...

LUCIEN.

Pardon, je ne... sais plus...

DURAND.

Ah ! oui, vous me parliez...

LUCIEN.

Je voulais vous parler d'un roman historique.

DURAND.

Tant pis, j'aimerais mieux le genre domestique,
Intime et social ; c'est là le goût du jour.
Prenez-moi du hideux, saupoudrez-le d'amour,
Farcissez-moi le tout d'une intrigue impossible,
Mettez le gracieux à côté de l'horrible.

Des oppositions à mort; abusez-en;
Avilissez le riche, élevez l'artisan,
Par un effort de l'art ennoblissez le crime,
Qu'on plaigne le coupable, et non pas la victime!
Mettez beaucoup d'argot, l'argot est très-moral.
Et... servez : ça s'appelle un roman social.

LUCIEN, piteusement.

Le mien n'est qu'historique.

DURAND.

Historique, — n'importe.
Écoutez, nous pourrons l'éditer de la sorte :
— Huit cents francs vous vont-ils?

LUCIEN.

Cela n'est pas trop cher...

DURAND.

Cependant...

LUCIEN.

C'est très-bien. (A part.) Mais sans en avoir l'air,
Il est fort généreux!

DURAND.

Monsieur, aucun libraire
N'est posé comme moi pour pousser cette affaire;
Comprenez, je vous mets avec un George Sand;
L'un portant l'autre, alors, chaque livre se prend
Dans six cents cabinets, votre œuvre est répandue;
Le public lit s'il veut... mais la chose est vendue!

LUCIEN.

C'est fort ingénieux!

DURAND.

Voilà comme je suis.
Il faut encourager les jeunes gens, et puis,
Quand vous m'apporterez quelque nouvel ouvrage,
Je vous l'éditerai pour rien, — quel avantage!

LUCIEN.

Pardon, les huit cents francs?

DURAND.

Vous me les compterez
Moitié comptant et puis moitié quand vous voudrez,

Un billet à trois mois, sous bonne signature,
Quelque nom... étranger à la littérature,
Rothschild ou Rougemont, Odier, Paccard Dufour...
J'ai confiance enfin ! —

LUCIEN.

Je le vois.

DURAND.

Quelque jour
Quand vous serez l'égal de Dumas ou de Sue,
Vous direz me voyant *pedibus,* dans la rue,
Du haut de votre hôtel — c'est pourtant ce Durand
A qui je dois mon nom, ma fortune, mon rang...
Mais, hélas ! vous serez, comme sont tous les hommes,
Ingrat... et vous voudrez des monceaux d'or, des sommes
Énormes, pour livrer le moindre manuscrit...
J'ai fait bien des ingrats, allez ! —

LUCIEN à part.

Il m'attendrit !
Le pauvre homme ! !

Haut.

—Monsieur, croyez-vous qu'on oublie

Un service pareil ? Ah ! tout mon sang… ma vie…

Plutôt que… (A part) huit cents francs !

DURAND.

Ainsi, c'est arrêté…

Et nous allons signer notre petit traité,

Double et de bonne foi, vous savez, c'est l'usage…

(Il s'assied à son bureau et prend une plume).

LUCIEN.

Pardon… mais je voudrais réfléchir davantage…

DURAND.

Réfléchir… et pourquoi ?

LUCIEN.

Nous avons bien le temps ;

Je ne tiens pas beaucoup à faire des romans,

S'il faut vous l'avouer ; — je veux vous faire faire,

Mon cher Monsieur Durand, une excellente affaire.

DURAND.

De quel genre ?

LUCIEN.

D'un genre aujourd'hui délaissé,
Mais qui pourra, je crois, comme par le passé,
S'il est bien patroné, reprendre un peu de vogue :
Je veux ressusciter le bon vieux dialogue,
Ce bohémien-railleur qui n'a ni feu, ni lieu,
Qui ne reconnaissant d'autre censeur que Dieu,
La liberté pour loi, le monde pour patrie,
Voit tout et va partout, parle, rit, chante, crie,
Et s'armant tour à tour de verge ou de grelots,
Fustige les méchants et fait taire les sots.

DURAND à part.

Oui, c'est cela, *Lucien,* ah ! diable... c'est un maître,
Haut.
Vous en avez déjà dans le temps fait paraître ? —

LUCIEN.

Quelques-uns.

DURAND.

Ils ont eu même un certain succès ?

LUCIEN.

Ce n'était jusqu'ici que de faibles essais...

DURAND.

Que de faibles essais ! la modestie est grande,
Il ne se passe pas de jour qu'on en demande...
Cela se vend beaucoup.

LUCIEN.

Je ne m'en doutais pas.
Mais si cela se vend, Monsieur, c'est donc le cas
De publier ceux-ci : — Nous mettrons pour le titre,
Je crois qu'il fera bien sur les carreaux de vitre :
LE NOUVEAU LUCIEN. — Hein ?

DURAND.

Certes, ce titre est beau,
Mais, je ne comprends pas... pourquoi mettre nouveau ?—

LUCIEN.

Hé !... pour le distinguer de l'autre, de l'antique
Lucien... de *Loukianos*, l'immortel satirique.

DURAND d'un air capable.

Je sais, l'auteur latin...

A part.

Ouf!... c'était un ancien,

Triple sot!! —

LUCIEN à part.

L'ignorant! il me prend pour Lucien

Mort depuis deux mille ans!

Haut.

Vous voyez, cet ouvrage

Mérite qu'on le pousse... il faut qu'on encourage

Ce genre, fustiger, corriger les travers

En riant... *Castigat...*

DURAND, se levant et remettant sa chaise en place, d'un ton bref.

On ne lit plus les vers.

LUCIEN.

Je vois que mon roman...

DURAND, même ton.

On ne lit plus la prose.

LUCIEN.

Mais alors... que lit-on?

DURAND, regardant à sa montre.

Môsieu... c'est... autre chose.

C'est... je ne sais quel nom on pourrait lui donner...

C'est... c'est...

LUCIEN.

Je vous comprends. Veuillez me pardonner,

Monsieur, de vous avoir dérangé de la sorte...

DURAND, vivement.

Attendez... mon garçon va vous ouvrir la porte.

Saluant.

Mossieu ! —

A son garçon, avec humeur.

Reconnais-le, Gros-Jean, à l'avenir,

S'il me demande... dis que je viens de sortir.

Il referme la porte avec force.

LUCIEN, *entre ses dents, dans l'escalier.*

Si la mauvaise foi s'exilait de la terre...
On la retrouverait dans le cœur d'un libraire !

www.ingramcontent.com/pod-product-compliance
Ingram Content Group UK Ltd.
Pitfield, Milton Keynes, MK11 3LW, UK
UKHW022144170726
13837UKWH00004B/1775

9 782329 170145